War and Peas

Liebe Erde

Edition Moderne

Hey,
und der hier?
Das ist die Erde,
eine mächtige Spezies
namens Mensch
lebte dort.
Ach!
Und was ist
geschehen?
Überheblichkeit,
Dummheit ...
... und
Kuhfürze.

Es ist so heiss! Dieser verfluchte Klimawandel!
Mein Urgrossvater unternahm etwas dagegen, lange bevor es Mode war.
Dein Urgrossvater?
Jaaaa, jaaaa …
TITANIC

Schau, Ronald! Eine Sternschnuppe!
Schnell, wünsch dir was!
Ich wünschte, wir könnten immer zusammen sein.
150 Millionen Jahre später
Ronald?
Barb, bist du das?

Liebe Erde,
wie geht's so?
Ach,
wird schon
werden.
Aber
was euch
betrifft …

Was ist bloss mit Frank los?
WILLST DU
MEHR VOM
LEBEN, ALS
DAS 60-FACHE
DEINES
KÖRPER-
GEWICHTS
ZU HEBEN?
Ich befürchte, da kommen Probleme auf die Kolonie zu.

Ich kann einen Tornado auslösen.
Ich bringe allen Menschen Glück.
Ich werde von meiner Sexpartnerin aufgefressen werden.
Moment ... Was?

Stocher
Stocher
Fuck, ich vermisse die Techno-partys.

Ja, jaaa! Braver Hund! Braver Hund!

Hallo, Hübsche.
Was für ein wunderbarer Tag heute!
Ach ja? Ihr Idioten!
Ihr Versager!
Wisst ihr noch, als ...
SCHNIPP
Nicht in meinem Garten.
Nur gute Vibes, bitte ...

Pass auf! Das ist eine Falle!
Weisst du, was mich an dir stört? Du bist immer so negativ – Fallen hier, Fallen dort!
Sei optimistisch! Vielleicht ist das unsere grosse Chance!

Was haben denn die Seekühe jemals für uns getan?

Hey, wusstet ihr, dass ihr nur einen kleinen Teil von mir seht?
Ich bin so viel grösser!
Also legt euch bloss nicht mit uns an.
hihi

GESCHÄTZTE
KUND*INNEN,
DIE NÄCHSTEN FÜNF
MONATE BIN ICH
NICHT IM BÜRO.

Während der Kopulation erlebt die weibliche Gottesanbeterin erdbebenartige Wogen der Lust.
Wow!
hihi
HIHI
Und was ist mit den Männchen, Frau Schneider?
Nun ... Timmy, wie soll ich dir das erklären ...

Das hier ist also eine Boa constrictor.
Keine Bange, mein Junge. Sie beisst nicht.
Wie ihr seht, beisst die Boa constrictor nicht.
Sie tötet ihr Opfer durch Ersticken!

Oh Gott! Hilfe! Hilfe!
Aaaaaaaaahhhhh
... eine Tragödie mit Dutzenden Toten, nachdem eine riesige Lawine ...
Gesundheit!
Danke.

Warum fütterst du uns jeden Tag?
Ich bin eine einsame alte Frau. Aber ich habe noch viel zu geben.
Euch zu füttern, gibt mir das Gefühl, nützlich zu sein.
Du denkst nur an dich selbst!
Du widerst mich an!

Oh nein, Pam!
Da kommt
der Holzfäller!
Nein, Marsha.
Schau doch, es ist nur
ein Hipster.
Gott sei Dank.
Neueröffnung
BREWSKI BROS

Fuck.
Diese Biene ist **heiss**.
Diese muskulösen Beine, mit denen sie all die Pollen trägt ...
Mann, bin ich horny.

Ich habe so viel gelesen.
Doch so wenig gelebt.
Ich wette, da draussen wartet eine wunderbare Welt auf mich!

WAS
habe ich?
Menschen.
Sie sind ziemlich gefährlich, sie bespringen ihre Opfer mit kleinen Raketen.
Aber WO habe ich mich denn angesteckt?
Schlechte Neuigkeiten, Schatz.

Hey, Baum!
Dieses Jahr verzichte ich darauf, in Urlaub zu fliegen, der Umwelt zuliebe.
Ich werde einfach den ganzen Sommer hier sitzen und mit dir reden.
Scheisse, ist der Typ anstrengend …

Arielle, was machst du da oben, ganz alleine?
Ich habe dir doch gesagt, du sollst mich hier nicht stören.
pffft

Lauft nicht weg! Ich bin doch jetzt Veganer!

Als ob das was nützen würde.
Aber es tut gut.

Uäch, schau mal, überall Müll!
Das ist kein Müll, das sind Menschen.
Sag ich doch.

Schön hier.
Und wunderbare Kerze.
Mit Wurstduft.
Heirate mich.

Mama ...
Was denn, Timmy?
Ich will nicht von meiner zukünftigen Frau getötet werden.
Nun, da gibt's nur eine Lösung, Timmy.
PRIDE

Willkommen zum Gipfeltreffen der Vereinten Natur.
Die gute Nachricht ist, dass die meisten Spezies überleben werden, wenn wir das 1,5-Grad-Ziel einhalten können.
Einige jedoch werden nicht überleben. Zum Beispiel der glubschäugige Schleimpilz.
Ähem ... Wer trotzdem dafür ist, wie geplant weiterzumachen, hebe die Hand.
Und ich hab euch zu meiner Hochzeit eingeladen!

Bist du es nicht leid, den ganzen Tag nur Karotten zu essen?
Bist du es nicht leid, dass die Menschen deine Nachkommen an eine Leine nehmen …
… während sie dich jagen und dein natürliches Habitat zerstören?
Und nein, Karotten sind superlecker.
Knabber Knabber

Unsere Freunde, die Bäume, absorbieren CO2 und wandeln es in Sauerstoff um.
Was für ein wunderbares Geschenk sie uns doch machen!
Oh yeah ...

Denkt immer daran: Lasst Vorsicht walten!
SICHER DATEN
FÜR DUMMIES
psst ...
Herr Meyers ist bestimmt noch Jungfrau.
Hey! Das hab ich gehört!
Ich bin ein Überlebenskünstler.
SICHER DA
FÜR DUM

Ist das die Schlange für die Erfindung von Pringles mit Pizza-Geschmack?

Immerzu sagen sie: „Welch wunderschöne Blume."
„Allerliebste Blume."
Aber wisst ihr, was sie niemals sagen?
„Ich möchte diese Blume so hart ficken, dass [redacted]
Ich könnte respektvoll-zärtliches Liebemachen anbieten.
VERPISS DICH!

Bleib auf deiner Seite, Larry.
Und wenn nicht?
Dann gebäre ich hundert Babys und lasse sie auf dich los.
Und sie werden sich an deiner verfaulenden Leiche laben.
Gottogott.

Schnell! Die Wale kommunizieren gerade wieder!
Wow, ist das schön!
Ich wette, es geht um etwas sehr Romantisches!
Ich sagte, steck ihn mir in den Arsch, Peter!

MENSCHLICHE
RAUMFAHRT

Baum wollte herausfinden, wie die Welt funktioniert.
UNIVERSITÄT
Keuch
Baum=Papier
Keuch
Rrrreiss
Toilettenpapier ist alle.
Keuch

Küsschen
Küsschen
Pfui Teufel, der Mond beobachtet uns!
Scheiss-Spanner!
Nein, nein ... Ich finde euch einfach supersüss!
Ach.
ALSO, WO SIND WIR STEHEN GEBLIEBEN?

Himmlischer Vater, die Menschen haben neuerdings Spass an Sex ...
... und schreien deinen Namen beim Orgasmus.
Hmm ...
Irgendwie ...
... macht mich das scharf.

Oh mein Gott, Timmy, schau!
Sieht aus, als ob gestern jemand seinen Spass hatte.
Tja ... hahahahaha...

Seit wir ein Wasserplanet sind, gibt es Schwierigkeiten.
5 News
Wir haben zwar gelernt, Wasserblasen als Transportmittel zu nutzen.
Quiek
Was die Fortpflanzung allerdings verkompliziert hat.
Quiek

KLIMA-ERWÄRMUNG IST SUPER!
Nicht in diesem Ton, junge Dame!
Du hast ja keine Ahnung!
Das liegt an diesen Schundmagazinen.
COSMOPOLITAN
Die Klima-erwärmung macht DICH schlank und sexy!
WOW!

Zeit fürs Abendbrot?
Nein, Mama ist nur besoffen.

Von allen schönen Pflanzen liebte Doris den Kaktus am meisten.
Liebe ist Schmerz.

Oh Gott! Neiiiiiiiin!
Keine Angst.
WRRRRR
Du kommst an einen schöneren Ort.
Meinst du?
Sie werden es auf deinem leblosen Körper treiben.
Wie? WAS?

Als die Erde ein Feuerplanet wurde, mussten sich die Bewohner*innen etwas einfallen lassen.
5 News
Heute bei uns ist Sally Glockens, Erfinderin des Marshmallow-Anzugs.
Der Anzug schützt mich gegen die Flammen.
Gleichzeitig dient er als leckere Zwischenverpflegung.
Genial!
Wann wird der Anzug auf den Markt kommen?
Es gibt da noch einen Rechtsstreit wegen einer tragischen Panne.
Ein Mann wurde im Schlaf von einer Horde Drittklässler aufgefressen.
Und nun zurück ins Studio.

HELP
ALLES OK,
MIR GEHT'S GUT

Ich kann's kaum erwarten, meine Familie wiederzusehen.
Ach Larry ...
Ehrlich gesagt werden sie uns töten.
Nein, Janet.
Mein Gefühl sagt, das werden sie nicht.
TITANIC

Und hier das primitivste aller Zootiere.
Meistens masturbiert es oder wirft seine Fäkalien ...
HEY!
Ich male auch sehr gerne.
Mit meinen Fäkalien.

Errätst du mein Halloween-Kostüm?
„Ich bin so gestresst!"
„Kein Wort, ich brauch erst Kaffee."
„Lasst uns den Planeten zerstören und die Aktienkurse erhöhen!"
Gott, ich bin jetzt schon völlig fertig.

Hier, ein Notfallkoffer für dein erstes Date.
Flucht wege
Hölzer
Oh! Du hast sogar an einen Flammenwerfer gedacht!
Das Wesentliche halt.
Viel Glück!

Kommen wir darauf zurück, wie wir den menschlichen Abschaum loswerden.
Vorschläge?
Wir könnten furzen.
NEWS
METHANGAS ZERSTÖRT DIE UMWELT!

Weisst du, wenn der Meeresspiegel ansteigt, gibt's mehr Platz für uns.
Dann können wir unser Badezimmer vergrössern!
Und meine Mutter könnte zu uns ziehen.
Klimawandel? NEIN DANKE!
SAVE

Wie lange brauchen sie wohl,
um herauszufinden,
dass ich einfach total dumm bin?

Oh weiser, lieber Riese, erzähl mir etwas.
Es war einmal eine Spezies namens Mensch, die den ganzen Planeten zerstörte.
Eines Tages kam eine besonders Bekloppte zu einem Baum und bat um eine Geschichte.
Der letzte Satz scheint mir unnötig.

Dass wir nun auf einem Wasserplaneten leben, ist nicht nur schlecht.
5 Business
Heute sprechen wir mit Tom Gibbons, dem lokalen Schwimmnudel-Hersteller.
Tom, wie fühlt man sich als der erfolgreichste Geschäftsmann weit und breit?
Tja, ich vermisse meine Frau und Kinder, die in den Fluten gestorben sind.
Aber das Geschäft blüht.

Die Sonne ist aufgegangen. Der goldene Ball ...
WIE BITTE? Wieso denn „aufgehen"?
Ihr alle dreht euch um MICH!
Ihr Idioten wärt ohne mich längst TOT!
Die Sonne, ein narzisstisches Arschloch, ist aufgegangen.
DU DA! HAUTKREBS! JETZT!

Ich denke,
ich werde wieder mal
die Erde besuchen.
Und zwar verkleidet
als eines der
schwächsten Wesen.
Um meine
Schöpfung zu
testen.
BZZZZZZ
Ha!
KLATSCH

Pfui, ein Nazibaum.
Lass uns einen besseren Baum suchen, um auszuruhen.
VERSTECKTER ALLTAGS-RASSISMUS, DER LEICHT IGNORIERT WERDEN KANN
Ah, viel besser.

Die Leute sagen immer: „Oh, was für ein schöner, grosser Berg."
„Lasst uns den Berg besteigen."
Aber sie fragen nie …
… OB ICH BESTIEGEN WERDEN WILL!

Dass ist Pulizei. Gib dein Hunt mehr Leckerlis, oder du ferhaftet.
Haha, das wird ihm eine Lehre sein.
Oh Gott!
Bloss schnell weg!
MEXICO
Tja, das ging in die Hose.

Ist es nicht absurd, dass Nachhaltigkeit zu einem Verkaufsargument geworden ist?
Und gleichzeitig werden strukturelle Mängel auf das Individuum abgewälzt.
Ja, das ist nicht fair. Ich ...
Wär schön, dieses Gespräch auch mal zu Ende führen zu können.

Haha, dumme Maus.
Klack!
Tja, ich liebe nun mal Käse.
So sehr, dass ich dafür sterben könnte.
Hast du jemals etwas so sehr geliebt?
NEIN ...
Haha, Menschen sind Idioten.
MAMPF MAMPF

Liebe Erde,
wir möchten
dich heilen.
GROSSARTIG!
Am besten lasst ihr mich
einfach in Ruhe.
Aber wir
möchten wirklich
etwas tun.
Roboter-
Bienen!
Nein!
Nein!
Warte!
Wir möchten
etwas tun!

Du kannst mich fällen, aber deine innere Leere wird bleiben.
Hack
PAULS HOLZFABRIK
CEO
Dieser verfluchte Baum hatte recht …

Mampf
Mampf
Hey, Mr Sniffles! Schon wieder Zeit zum Spielen?
Spring!
Mist, er hat 'ne Katze.
Haha, Mr Sniffles! Du albernes Ding!
Ich ...
... kann nicht.
Zwinker

Die Menschen
machen aus allem
ein Riesendrama!

Ich weiss – „Hilfe,
ich bin schiffbrüchig!“
Hahaha, lächerlich!

Sie haben also Ihren Planeten zerstört ...
... und nun möchten Sie hier Asyl?
Bringen Sie die Katzen mit und wir haben einen Deal.

Fuck you.

Der Frühling naht.
Knutsch
Knutsch
Die Tiere gebären ihre Kleinen.
Sie werden zu Teenagern.
Um zehn Uhr zurück!
Fick dich, Mutti.

Ich glaube, meine Eltern haben mich nie wirklich geliebt.
Buhuhuu
Aha, da braucht jemand wohl eine Umarmung
HARVA
Mein Verbrechen? Zu viel Mitgefühl.
Schnauze!

Endlich! Letzte Rate abbezahlt!
Jetzt kann ich mich zur Ruhe ...
Rumpel
Rumpel
WUMM

Wir sind uns wohl einig, dass die Menschen zu lange versagt haben.
Ach, kommt, Leute. Die Menschen sind nicht so schlecht.
Du bist erbärmlich.
Ich denke, ich spreche für alle Hunde, wenn ich sage …
… dass Katzenkacke gar nicht mal so gut schmeckt.
KEUCH
Kann ihn **BITTE** jemand zum Schweigen bringen?!
Ich hab gelogen …
Sie ist köstlich.
Kurze Pause, bitte!
UN

Versohl mir den Hintern, Daddy.

Sie ersuchen also um Asyl?
WUMM
GENEHMIGT

Nun gut.
SQUACK!
Abends keine Kohlenhydrate mehr.
HOT
HOT
Zum Teufel mit dir, Sheryl.

Sexy Tanzschritte gegen die drohende Klimakatastrophe.
Die brennende Tanne
Das funky Melanom
Groovy baby
Der tote Eisbär

Mama, heute ist „Bring deinen Vater mit zur Schule"-Tag.
DAILY MANTIS
Klar, Timmy. Dein Vater liegt im Schuppen.
DAILY MANTIS
Echt? Cool, Mama!
XYZ
Bleib nachher bitte noch kurz da, Timmy.

Hol den Ba...
OH NEIN!
Meeresbiologisch
Institut
12 Jahre später

Hey, Sally!
Bist du auch eine Gottesanbeterin?
Ja, wieso?
Weil du zum Sterben schön bist!
Sie sagte, sie respektiert mich zu sehr, um meinen Kopf zu fressen.
So ein Pech!

Offenbar hat die zunehmende Anzahl von Waldbränden gar nichts mit dem Klimawandel zu tun.
Sondern mit diesem Igel und seinem Feuerzeug.
Ich liebe nun mal Marshmallows.
Mmmmh!

Sind meine Witze denn **so** schlecht?

Laut Statistik nimmt die Fruchtbarkeit bei Menschen ab.
UN
Nach unseren Berechnungen, werden sie in 26,3 Jahren ausgestorben sein.
Trotz fragwürdiger Bestrebungen, ihnen alternative potenzsteigernde Mittel zu verkaufen.
Sie zahlen, ich liefere.

Wale sind so pervers.
Immerzu starren sie auf unsere Titten.
Dann bedecken wir sie eben.

Immer wenn wir rausgehen ...
... benötigt Frauchen eine Leine, damit sie sich nicht verirrt.
Keine Bange, Angsthäschen.
Ich pass auf dich auf.

Aha, du geniesst also meinen Schatten, während du auf PAPIER schreibst?
Äh ...
Es ist Recyclingpapier!
Aha, dann schreibst du also auf PAPIER MIT SPUREN MENSCHLICHER SCHEISSE darin?!!

Schau,
dass das Massensterben
im Hintergrund
auch drauf ist.

Ich bin ein majestätischer Berg.
Ich bin ein noch majestätischerer Berg.
Ha! Ich bin so majestätisch, dass ich mit den Leichen all derer bedeckt bin, die es wagten, mich zu besteigen.

Hey, Erde,
wann weiss der Mond, dass er genug gegessen hat?
Ähm ...
Wenn er voll ist.
Hahahaha!
Hahahaha!
Ich sterbe!
Nein, im Ernst, ich sterbe.

Speeddating für Gottesanbeter*innen
Du siehst lecker aus ...
Äh, ich meine ... interessant!
BIIIP
Nein
Versuch's beim nächsten Mal mit diesen Konversationshilfen.

Hier, eine Schnecke.
Sie ist zwar langsam, aber mit Geduld und Ausdauer erreicht sie sicherlich ihr Ziel.
Ich will mich heut Nacht besinnungslos besaufen.
Na dann viel Glück.

Seid ihr bereit für die Modenschau?
Nun denn – holt euch ein Kleidungsstück!
Yeah!
Yippie!
Wir sehen ja so cool aus!
Voll!

Sie entführen Jerry!
Gott sei Dank! Ich habe ihn nie gemocht.
Ja, ich auch nicht.
Willkommen!
Sie haben dich nicht verdient, Jerry.

Lieber Gott, was ist mein Sinn im Leben?
Sinn ist ein menschengemachtes Konzept, das all deine Zeit auf der Erde mit dem Stress füllt, irgendein höheres Ziel erreichen zu müssen.
Befreie dich von diesem Druck, Kevin.
Du hast also auch keine Ahnung, oder?

Lieber Gott, was ist mein Sinn im Leben?
Ehrlich gesagt, Kevin ... Ich habe nicht damit gerechnet, dass du es so lange machst.
Tja ... Vielleicht magst du ein schönes, grosses Eis essen gehen?
Geil!

Eine Million Jahre später ...
Mampf
Mampf
Hey.
Weisst du noch? Menschen?
Nein.
Mampf
Mampf

Sag mal ...
Liebst du mich wirklich, oder willst du nur meinen Körper?